HUONOSTI HIRTETTY

TOIVO TARVAS

HUONOSTI HIRTETTY

Kertomuksia 1630-luvun Helsingistä

Esipuhe ja toimitus

Juha Järvelä

Novellit ovat ilmestyneet alunperin aikakauslehdissä:
Huonosti hirtetty — *Kotoa ja kaukaa* 18/1925.
Kuninkaan hopeahaarikka — *Kotoa ja kaukaa* 42/1926.
Haavakuume — *Kotoa ja kaukaa* 46/1926.
Pitkän-Pirkon pahat työt — *Maailma* 22/1926.

Kansikuva: Rudolf Åkerblom, Helsingin kaupunginmuseo.

Esipuhe © 2025 Juha Järvelä

Kustantaja: BoD · Books on Demand, Mannerheimintie 12 B, 00100 Helsinki, bod@bod.fi

Kirjapaino: Libri Plureos GmbH, Friedensallee 273, 22763 Hampuri, Saksa.

ISBN: 978-952-80-9669-6

Juha Järvelä

Toivo Tarvaksen ajankuvat vanhasta Helsingistä

Kirjailija Toivo Tarvas (1883–1937) on nykyään tunnetuin oman aikansa Helsingin kuvaajana. *Häviävää Helsinkiä* -teos on säilyttänyt asemansa 1900-luvun alun kaupunkikuvauksena. Kirjailija oli myös ensimmäisiä Stadin slangin käyttäjiä kaunokirjallisuudessa. Tarvaksen esikoisteos, *Legendoja*, oli ilmestynyt jo vuonna 1908, mutta kirjailijantyön keskeinen vaihe alkoi vasta 1916 romaanin *Eri tasoilta* ilmestyessä. Sitä seurasi vuosina 1916-1920 kaksi romaania, kolme Helsinki-novellien kokoelmaa, yksi viihderomaani ja salapoliisiromaani. Osa julkaistiin omalla nimellä, osa salanimillä. Tuotteliasta vaihetta seurasi vaikeneminen kirjailijana. Taustalla oli siirtyminen muihin töihin, ensiksi vakuutusyhtiön palvelukseen ja sitten kirjakauppaalalle. Voimia vei myös sairastuminen keuhkotuberkuloosiin. Kirjallinen työ näkyi vain yksittäisinä runoina ja novelleina eri lehdissä. Kirjoittamista hän ei toki ollut jättänyt. Esimerkiksi vuonna 1922 hän tarjosi Otavalle kevyttä romaania *Anoppini Amanda ja minä*, jonka yhtiön kirjallinen johtaja Ilmari Ahma hylkäsi.

Kotikaupunki Helsinki säilyi Tarvakselle rakkaana aiheena. Vuosina 1925-1926 aikakauslehdissä *Kotoa ja kaukaa* sekä *Maailma* ilmestyi neljän 1630-luvun Helsinkiin sijoittuvan tarinan sarja. Niiden tapahtumapaikkana oli vanha, Vantaanjoen suuhun vuonna 1550 perustettu kaupunki eli nykyinen Vanhakaupunki. Se ei ollut mikään suurkaupunki. Kokonaisväkiluku oli vuonna 1635 arviolta 659 henkeä. Elämää alueella oli toki tätä enemmän. Vuoden 1638 laskennan perusteella tiedetään kaupungin porvareilla olleen 27 hevosta, 86 lehmää, 34 lammasta ja viisi sikaa. Tarvas sijoitti tarinansa vanhan Helsingin viimeisiin hetkiin. Syksyllä 1640 tehtiin päätös kaupungin siirtämisestä uuteen paikkaan, Vironniemelle.

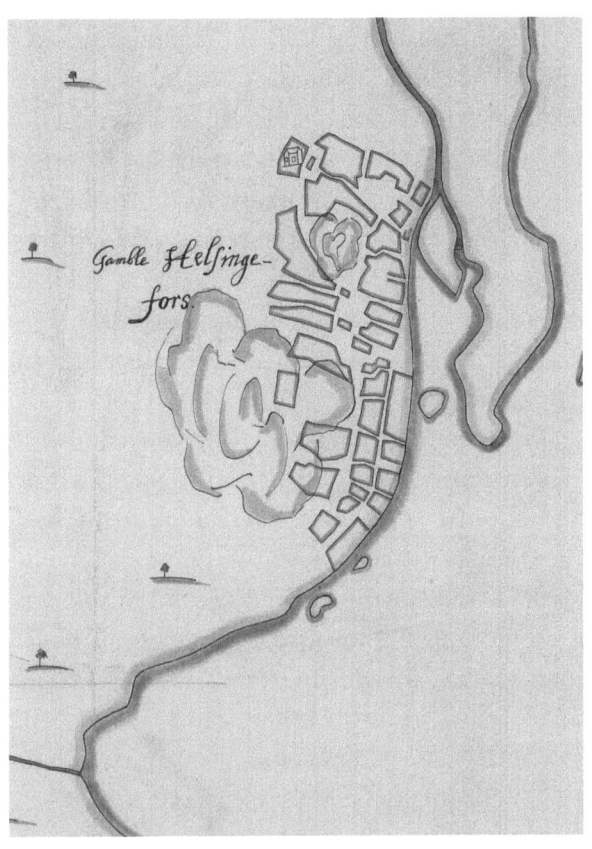

Vanha Helsinki vuonna 1645. Yksityiskohta kartasta *Charta Öfr Gambla Och Nya Helsingfors Varande Ägor* (1645). Vuodelta 1909 oleva jäljennös Tukholman valtionarkistossa säilytettävästä alkuperäisestä. Kuva: Helsingin kaupunginarkisto

1640-luvulla siis alkoi kaupunkilaisten muutto uuteen kaupunkiin. Sitä ei toteutettu pakkomuuttona vaan vanhan kaupungin väestö sai jäädä paikalleen ja haluttomuus muuttaa uuteen paikkaan hidasti uuden kaupungin kehitystä. Hiljalleen porvarit kuitenkin jättivät vanhan kaupunkialueen, jonne jäi muun muassa kaupungin mylly ja hospitaali. Sen sijaan esimerkiksi kirkon esineistö siirrettiin uuteen kaupunkiin.

Myöhemmin Tarvaksella oli työn alla – tai ainakin ajatuksissa – laajentaa vanhaan Helsinkiin sijoittuvat tarinat kokonaiseksi kirjaksi. Kun hän jäi syksyllä 1930 työttömäksi Suomalaisen Kirjakaupan ulkomaisen kirjallisuuden osastonjohtajan tehtävästä, hän paneutui innostuneesti taas kirjallisiin töihin. Suunnitelmistaan hän kertoi kirjeessään ystävälleen, jyväskyläläisen kustantamon Gummeruksen kirjalliselle johtajalle Martti Raitiolle 8.4.1931:

> Seuraava teokseni taitaakin tulla novellikokoelma »Niin elettiin ennen meillä». Se käsittelee romanttisia ajankuvia »Gamble Helsingefors'ista» eli siis Vanhasta kaupungista. Olen tutkinut ja toukkaillut

muinaisuuden lähteitä, joiden nojalla voinen kirjoittaa Helsingistä hiukan toisin kuin esim. »Helsinkiläisiä» ja »Kadun lapsia». Ote ja tunnelma tulee olemaan toinen. Kuten muistanet, on minulla kerättynä yhtä ja toista vanhaa rojua heleästä Helsingistämme, ja vanha rakkauteni alkaa versota näin keväällä, vaikka onkin kaikkea muuta kuin keväistä, No, katsotaan nyt sitten. Mitä ajattelee Veli? Muutamia minulla jo on valmiina entuudestaan »Huonosti hirtetty», »Kuninkaan hopeahaarikka», »Haavakuume» ja »Pitkän Pirkon pillat».

Raitio oli toiminut Tarvaksen kustantajana jo vuosina 1918-1920, jolloin hänen johtamansa Kustannusosakeyhtiö Ahjo oli julkaissut muun muassa kirjeessä mainitut teokset *Helsinkiläisiä* ja *Kadun lapsia*. Gummeruksella Raitio ehti ottaa vastaan Tarvaksen nuortenkirjan *Tomin tarina* (1931), jota seurasi samalta kustantajalta nuortenromaani *Karkuri* (1932). Teoksista rahantarpeessa ollut kirjailija sai ennakkopalkkioita vekseleinä, jotka tuottivat hänelle korkotappioita.

Oliko Raitio kiinnostunut Helsinki-novellien kokoelmasta? Arkistosta ei löydy vastausta. Joka tapauksessa Raitio kuoli alle kahden viikon päästä kirjeen kirjoittamisesta. 45-vuotias Raitio menehtyi pitkälliseen sairauteen 19.4.1931. Tarvas kirjoitti »Frate Martinosta» muistokirjoituksessa: »On vaikea ajatella, että yhtäkkiä, käsityksemme mukaan liian varhain, olemme tulleet yhtä todellista ystävää köyhemmiksi.»

Ystävän kuolema saattoi viedä mukanaan myös suunnitelman uudesta novellikokoelmasta. Kirjeissään Raitiolle hän esitteli useita kirjallisia suunnitelmia, jotka eivät julkaistuiksi teoksiksi asti päätyneet. Tarvas mainitsi esimerkiksi suunnittelemansa muistelmateoksensa kohdalla, että »serkkuni poika Mika W. oli suorastaan ihastunut ideastani.» Mika Waltarin omiin muistelmiin jäi Tarvaksesta maininta, että »niin kuin vanhan ajan herrasmies hän teki vierailun ensimmäiseen kotiimme melko pian mentyämme naimisiin.» Tällä vierailulla on saatettu muistelma-ajatuksistakin puhua, koska Waltari oli avioitunut 8.3.1931. Vanhan ajan herrasmies Tarvas oli Waltaria 25 vuotta vanhempi, suurin piirtein Waltarin isävainajan ikäluokkaa.

Toivo Tarvas julkaisi vielä 1930-luvulla novelleja eri lehdissä, mutta valitettavasti niissä ei palattu historialliseen Helsinkiin. Kirjailijan viimeisiä vuosia varjosti tuberkuloosin sairastaminen. Hän kuoli 54-vuotiaana vuonna 1937. Helsingin historian ja nykypäivän kuvaajana voi nähdä Mika Waltarin ottaneen hänen paikkansa. Waltarilta ilmestyikin vuonna 1937 teos *Helsinki kautta vuosisatojen*, jossa hän kertoi kaupungin historiaa koululaisille fiktion keinoin. Siinäkin on pari Vantaanjoen Helsinkiin sijoittuvaa kappaletta.

Sekä Waltarin että Tarvaksen kirjoittaminen osuivat aikaan, jolloin muutenkin oli kiinnostusta Helsingin menneisyyteen. Vuonna 1911 oli perustettu Helsingin kaupunginmuseo ja 1930-luvulla Vanhassakaupungissa tehtiin kirkon paikalla arkeologisia kaivauksia.

Vanhakaupunki vuonna 1932. Kuva: Helsingin kaupunginmuseo.

Tutkimuksien ja vanhojen karttojen pohjalta on hyvin pystytty rekonstruoimaan kaupungin sijaintia. Tarvas mainitsee sen verran tarkasti paikkoja, että olen voinut oheiseen nykyisen Vanhankaupungin karttaan merkitä joitain tarinoiden tapahtumapaikkoja viitteellisesti, hyödyntäen erityisesti Seppo Aallon teoksen *Sotakaupunki* tietoja.

Tekstissä mainitusta kirkosta on jäljellä kivijalka nykyisessä Kustaa Vaasan puistossa. Siitä jatkamalla rantaa kohden Vanhankaupungintietä saapuu Vanhalle Raatihuoneentorille nykyisen Hämeentie 166:n lähelle. 1500-luvun rantatie kulki osittain nykyisen Hämeentien kohdalla, paikoin lähempänä rantaa. Satama sijaitsi suurin piirtein nykyisen Villa Arabeskin (Hämeentie 159) kohdalla. Merenranta alkoi silloin jo siitä. Nykyiset Kaanaantien, Posliinikadun ja Muotoilijantien alueet olivat merialuetta.

Dordi-muorin »Kirjavan koiran» kapakkaa ei pysty kartalle aivan tarkasti sijoittamaan. Tarinassa mainitaan sen olevan Annebergin vuoren juurella ja kapakan voi hyvin ajatella sataman läheisyyteen, jossa merimiesasiakkaita riittää. Annebergin vuoresta puhuminen oli Tarvakselta anakronismi. Annebergin eli Anna-

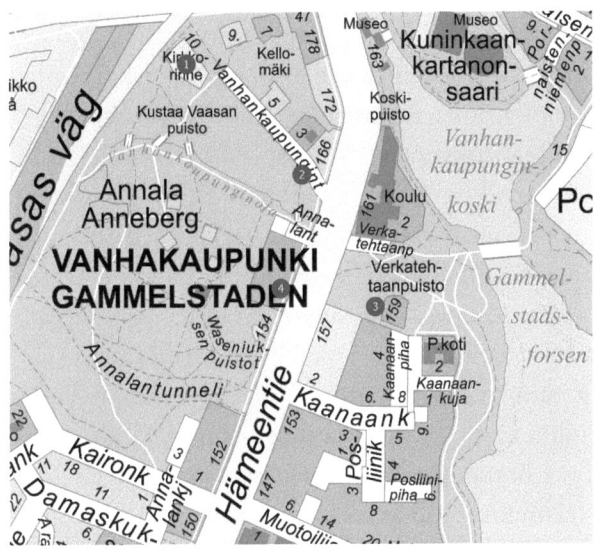

1. Kirkko
2. Tori ja raatihuone (»raastupa»)
3. Satama
4. »Kirjavan koiran» kapakka

lan nimi tuli käyttöön vasta 1800-luvulla, Anne-
bergin huvilan rakennuttaneen Gustaf Otto Wa-
seniuksen ensimmäisen vaimon Anna Meisnerin
mukaan.

»Huonosti hirtetty» -tarinassa kaupungin
hirttopaikka oli sijoitettu torin laidalle. Todelli-
suudessa Vanhankaupungin hirttopaikka sijaitsi

huomattavasti kauempana, nykyisen Bokvillaninpuiston (Hämeentie 125) kohdalla korkealla kalliolla, joka tarjosi katsojille hyvän näkyvyyden teloituksiin.

Tarvaksen 1900-luvun alun Helsingistä kertovissa tarinoissa lisäviehätystä tuo mahdollisuus katsoa hänen kuvaamiaan paikkoja vanhoista, esimerkiksi Signe Brander ottamista, valokuvista. Tämän kokoelman tarinoiden osalta tätä mahdollisuutta ei ole. 1600-luvun Helsinkiä ei ole kuvattuna juuri edes kuvataiteessa. Toki Branderin kuvien kautta pääsee näkemään Helsingin Vanhastakaupungista niitä 1900-luvun alun näkymiä, jotka myös Tarvasta innoittivat historiallisiin tarinoihinsa.

Kuvien puutteesta johtuu myös se, että tämän teoksen kansikuva on Katajanokalta 1870-luvulta. Sen vanhaa rakennuskantaa tallennettiin taideteoksiin, jotka tuovat tunnelmaa vanhimmasta Helsingistä. Kuten kirjeestä Raitiolle huomaa, Tarvaksella itselläänkin oli ajatus Helsinki-novellien kokoelman nimeksi. Tämän kokoelman olen kuitenkin nimennyt novelleista ensimmäisen mukaan. *Huonosti hirtetty* on nimenä sekä iskevä, että novellien humoristisen ja paikoin groteskin tunnelman hyvin esiintuova.

14

Lähteet

Arkistolähteet

Kansallisarkisto

> Gummerus Oy:n arkisto. F kirjeistö. Fa
> Kirjeenvaihto. Kirjeenvaihto, T–Ö
> (1931–1931).
> Kustannusosakeyhtiö Otavan arkisto. F
> kirjeenvaihto. Kotimainen kirjeenvaihto,
> Suo—To 1920-1939.

Kirjallisuus

Aalto, Seppo: *Sotakaupunki: Helsingin Vanhan-kaupungin historia 1550–1639.* Otava 2012.

Helsingin kaupungin historia. I osa, vuoteen 1721. Helsingin kaupunki 1950.

Tarvas, Toivo: Martti Raitio in memoriam. – *Helsingin Sanomat* 22.4.1931.

Waltari, Mika: *Kirjailijan muistelmia.* Toimittanut Ritva Haavikko. WSOY 1980.

Huonosti hirtetty

Ajankuva »Det Gamble Helsingefors'ista».

Vantaanjoen suussa olevan Helsingeforsin mutkikkaita katuja pitkin asteli eräänä kesäkuun iltana vuonna 1637 kaupungin mahtava ja suurikokoinen kirkkoherra Johan Bartolli kaupunginkirjuri Jöran Larssonin seurassa. He tulivat kaupungin luoteisessa reunassa olevan kirkon läheisyydessä sijaitsevasta kirkkoherran asunnosta, jossa he kaikessa ystävyydessä olivat nauttineet pari tinatuopillista rostockilaista olutta ja olivat nyt matkalla sangen kunnioitetun porvarin Erik Sigfridssonin kutsuihin.

Vaikka kello oli vasta seitsemän illalla, ja aurinko vielä kimmelteli kaupunginlahden tyvenessä vedessä, jossa lepäsi ankkuroituina muutamia lybeckiläisiä, rääveliläisiä ja rostockilaisia purjealuksia, oli kaupunki jo hiljainen ja ikäänkuin kuollut. Kiveämättömien katujen varsilla olevien turvekattoisten asumusten ikkunat olivat suljetut puuluukuilla, ja suurin osa ihmisistä oli jo mennyt levolle. Ainoastaan muutamien päihtyneitten merimiesten loilotus rantalaiturilla säesti Vantaan kosken yksitoikkoista kohinaa.

Kirkkoherra Bartolli ja hänen seuralaisensa astelivat verkalleen pitkin katuja ja keskustelivat kaupungin kuulumisia. Silloin tällöin joku vastaantuleva porvari, kisälli tai oppipoika tervehti heitä kunnioittavasti ja antoi tilaa ahtailla kaduilla. Juuri kun he tulivat kirkolta johtavan kujanteen siihen kulmaan, jossa tie kääntyi pääkadulle, näkivät he kauniin ja ryhdikkään laivastokapteeni Lars Perssonin pujahtavan eräästä portista puistikon tapaiseen pihaan ja katoavan pihan lahonneeseen aittarakennukseen.

— Kas vaan, »Impi-Lasse» on taas liikkeessä, kenenkähän tytön kunnia nyt on vaarassa, nauroi kaupunginkirjuri Larsson.

— Isä Jumala olkoon armollinen tuon syntisen miehen jäsenille. Minä olen jo moneen kertaan varoittanut häntä tyttölapsien hätyyttelemisestä ja kieltänyt häneltä Herran pyhälle ehtoolliselle pääsyn, mutta ellei kapteeni Persson luovu lihanhimostaan, niin toimitan minä hänet häpeäpaaluun saamaan hiukan raipparieskaa syntiseen selkäänsä, sanoi Bartolli juhlallisella äänellä.

— Vaan eipä se synti taida ruumiista lähteä ruoskimalla, parasta kait olisi, että mokomakin piikojen pillaaja toimitettaisiin hirteen, vasta sitten tämän kaupungin neidot ja piiat säilyisivät koskemattomina, huomautti kaupunginkirjuri Larsson vakavan näköisenä.

— Niin, hirteen, hirteen, se olisi paras paikka monelle tämän kaupungin asukkaalle, kun eivät osaa elää siivolla, tiuskasi kirkkoherra vihoissaan.

— Onkos tämäkään nyt saaliista, tunkioita on joka paikassa keskellä katua niin, että on tukehtua saastaiseen löyhkään, vaikka maaherra itse moneen kertaan on määrännyt, että kaikki tunkiot ovat korjattavat kaduilta pihalle suljettuihin suojiin. Eivätpä näy kaupunkimme arvon porvarit ymmärtävän omaa parastaan, eivät vieläkään ole kaivanneet katujen reunoille viemäriojia eivätkä ole iskeneet tähän pölisevään hiekkaan ainuttakaan mukulakiveä, vaikka keväisin ja syksyisin ovat hukkua näihin inhoittaviin soihin.

Kaupunginkirjuri Larsson kuunteli kärsivällisesti Hartollin nuhdesaarnaa ja lisäsi innostuneena:

— Niskoittelevia ovat, eivät enää tottele korkean maistraatinkaan määräyksiä, vaikka nimenomaan on sanottu, että kadun puolella täytyy taloissa olla lankkuaita, ettei kaikki törky ja siivoton elämä näkyisi kaduille.

— Tuossahan se hirsipuu tyhjänä odottaa, sanoi kirkkoherra ja pysähtyi pienen, kiveämättömän torin reunaan, jonka keskellä oli lahonneista lankuista rakennettu lava hirsipuineen ja mestauspölkkyineen. — Siinä on hyvä pirunkiikku, sinne niiden pitäisi joutua, koska eivät osaa elää niinkuin Jumalan sana määrää.

— Noo, eipä se kauaa tyhjänä seiso, huomennahan siihen raastuvan tuomion mukaan hirtetään se vielä hirttämätön hevosvaras Truls Olszon, joka varasti kunnioitetun karvarimestari Matz Plåckin hevosen tuolta Viikin Ladugårdin niityltä, sanoi kaupunginkirjuri Larsson itsetietoisesti.

— Vai hirtetään; sepä hävytöntä, että minulle ei ole siitä mitään ilmoitettu, vaikka minun virkani puolesta pitää lukea hänelle ennen kuolemaansa sekä laki että evankeliumi. Oikeastaan pitäisi hänelle myöskin antaa sakramentti, mutta kuningashan on sen ankarasti kieltänyt kuolemaantuomituilta.

— Pyydän nöyrimmästi anteeksi, arvon kirkkoherra, laiminlyönti on kokonaan minun. Pormestari kyllä käski minun siitä kirjallisesti teille ilmoittaa, mutta minä ajattelin, että kait se saman asian ajaa, jos sanon sen suullisesti, kun se kirjoittaminen on niin vaivalloista, ja paperikin on korkeassa hinnassa. Sitä vartenhan minä teille tulinkin, vaikka unhoitin siinä olutta juodessa teille siitä puhua, puolusteli kaupunginkirjuri.

— No, samapa tuo, hyvä on olla säästäväinen, kaupungin ulosteot ovat muutenkin suuret; tuon rantalaiturinkin tekeminen nielee niin armottomasti rahaa. Kyllä minä hänet huomenna ripitän, sanoi kirkkoherra ja kiirehti askeleitaan.

He kulkivat läpi hiljaisen kaupungin ja saapuivat hiestyneinä Erik Sigfridssonin talolle, joka turvekattoineen seisoi kadulle päin pahasti kallellaan. Rakennuksen kadunpuoleiset ikkunat olivat suljetut luukuilla, joiden raoista pilkehti heikko valo, ja sisältä kuului laulunloilotusta.

Rakennus oli aivan lahden partaalla, ja likainen pihamaa, jossa siat tonkivat maata, vietti voimakkaasti vettä kohden. Pihalla olevan vesitynnörin tappi oli auki, ja vesi virtasi purona merta kohti.

— Taitavat jo olla korkeassa hiivassa, kun ovat unhoittaneet tapinkin auki, sanoi Bartolli silmää iskien.

— Erik-herra taitaa lisätä vettä lahteen, joka näin kesäkuumalla alkaa olla niin matala, etteivät suuremmat kaljaasit suolalastineen tahdo päästä satamaan, ivasi kaupunginkirjuri.

— Lisänähän on, sanoi kärpänen, kun mereen laski, nauroi kirkkoherra ja astui sisälle tupaan.

Tervakauppias Erik Sigfridssonin ainoa asuinhuone oli suurehko tupa, jonka perällä olevassa takassa paloi iloinen pystyvalkea. Ovipielessä olivat jauhinkivet, joita talon piika väänsi voimiensa takaa. Tuvan seinustoita kiersivät kiinteät penkit, joiden yhtymäkohdassa nurkassa oli ristijaloilla varustettu tukeva honkainen pöytä.

Vieraiden tupaan astuessa oli huoneessa kovaa puheensorinaa ja menoamista, mutta kun kirkkoherra Johan Bartolli ilmestyi oviaukkoon, syntyi huoneessa juhlallinen hiljaisuus, ja kaikki nousivat seisomaan. Kirkkoherra toivotti Jumalan rauhaa tuvassaolijoille, ja talon tytär toi hänelle suuren tinatuopin täynnä kuohuvaa olutta.

Kirkkoherra joi seisoaltaan yhdellä henkäyksellä tuopin tyhjäksi, ja sillävälin talon emäntä levitti penkille kirjavan maton ja toi lisäksi pari silkkistä pielustaa, joiden varaan kirkkoherra istutettiin. Pöydälle levitettiin komea, kirjava liina, ja jokaisen eteen asetettiin täydet oluttuopit ja viinilasit, jotka isäntä hiljaisuuden vallitessa täytti kukkuroilleen.

Hetken kuluttua oli juhla täydessä käynnissä, ja kirkkoherran ja kaupunginkirjurin mieliala alkoi pian kohota yhtä hilpeäksi kuin toistenkin. Puhuttiin Ruotsin armeijan voitoista Saksassa, haukuttiin hävyttömiä ryssiä ja kerrottiin oman kaupungin uutisia.

Kaupunginkirjuri Jöran Larsson tiesi kertoa, että raastuvan oikeudessa oli ensikerran ollut käsiteltävä juttu kapteeni Lars Perssonia eli »Impi-Lassea» vastaan siitä, että hän oli vietellyt nuoren neitosen Karin Mossenbäckin Viikin Ladugårdin ja kaupungin välillä olevaan metsään, jossa tytöllä oli kotinsa. Tyttö oli pukeutunut kapteenin vaatteisiin, ja olivat he aikeissa karata laivalla Tukholmaan, kun äiti viime tingassa oli huomannut heidän puuhansa ja ehkäissyt sen.

Kaikki nauroivat makeasti »Impi-Lassen»

metkuille, ja kirkkoherrakin arveli, että kielletyn puun hedelmä on sittenkin parhain.

Kun puut takassa olivat miltei loppuun palaneet, aikoi talon emäntä lisätä puita, mutta kirkkoherra väitti, että huoneessa muutenkin oli liian kuuma.

— Jos avattaisiin ikkunaluukut, ulkonahan on vielä valoisa, ehdotti Sigfridsson.

— Ei millään muotoa, juoda saa, mutta syntiä ei saa tehdä, sanoi kirkkoherra. — On synti näyttää yhteiselle kansalle mitä tuvassa tehdään, siksi luukut ehdottomasti ovat visusti kiinni pidettävät.

Koska takkaan ei saatu lisätä puita, ja huoneessa alkoi olla pimeä, sytytti talon emäntä yhden talikynttilän ja asetti sen kirkkoherran eteen pöydälle sanoen nauraen:

— Panenpa tuon tuohon kirkkoherran eteen, vaikka se olikin säästetty kirkonpenkkiin jouluna, mutta missä kirkkoherra, siellä myös kirkko.

— Oikein puhuttu, Sigrid Michaelintytär. Kiitos valaistuksesta, sanoi kirkkoherra ja taputti lihavalla kädellään emännän punastuvaa poskea.

Syntyi yleinen nauru. Mutta samoihin aikoihin kaksi syrjemmällä istuvaa porvaria oli joutunut riitaan vasikannahkojen hinnoista ja paljastanut miekkansa käyden niillä mielipidettään puolustamaan. Mutta Johan Bartolli korotti äänensä ja sai mahtisanallaan verenvuodatuksen ehkäistyksi.

Hetken kuluttua oli taas kaikki rauhallista, ja juhlimista jatkettiin innokkaasti kallistelemalla tinatuoppeja ja viinalaseja. Puheensorina täytti tuvan, ja toisinaan kajahteli ilmoille verrattain säädyttömiä lauluja, joille ääneen naurettiin.

Aika oli jo kulunut yli puolenyön, kun kaupunginkirjuri Jöran Larsson ja kirkkoherra Bartolli joutuivat kiistaan Jumalan kolminaisuudesta.

— Vaikene, hölmö, huusi kirkkoherra raivostuneena ja pui nyrkkiään. — Tuollaisen sulankäyttäjän ei sovi ollenkaan puhua näistä pyhistä asioista.

— Mutta Johan-herran harmiksikin minä puhun.

— Älä puhu, ne korkeat asiat kuuluvat vaan Herran valituille, etkä sinä voi niistä ymmärtää mitään.

— Kyllä minä ne asiat ymmärrän yhtä hyvin

kuin kirkkoherrakin, olenhan kirjoitustaitoinen ja oppinut mies, intti kaupunginkirjuri.

— Älä pilkkaa Jumalaa, sinun oppisi on tyhmyyttä tyhmempää, sorkithan sulallasi niin, ettei kukaan sitä taida lukea, pauhasi Bartolli.

— Kyllä sen lapsikin ymmärtää, että isä, poika ja pyhä henki ovat kaikki yhtä persoonaa, huusi kirjuri Larsson.

— Ovat, mutta miten, kas siinä dogmaattinen pulma, karjui kirkkoherra.

— Juuri samoin kuin esimerkiksi tamma ja sen varsa.

— Tuosta minä sinulle annan tamman ja vielä varsankin lisäksi, jos tahdot, huusi kirkkoherra ja löi Larssonia korvalle.

Jöran Larsson raivostui silmittömästi ja sieppasi pöydältä lasin, jonka aikoi paiskata kirkkoherran päähän, mutta lasi temmattiin häneltä pois, ja silloin roiskahti tinatuopista olutta kirkkoherran valkealle kaulukselle. Tästä hän kimpaantui niin, että iski kirjuria tinatuopilla päähän ja pari kertaa kasvoihin. Ankaran kamppailun jälkeen saatiin lutistunut tuoppi kirkkoherran käsistä, ja juominki päättyi yleiseen sekamelskaan.

Kun Bartolli seuraavana päivän puolenpäi-

vän tienoissa heräsi pappilassaan, kuuli hän an-
karaa rummun päristystä. Hän ymmärsi heti
mistä oli kysymys, nousi nopeasti vuoteestaan,
ja riensi kaupungin torille, jonne oli kerään-
tynyt suuri joukko porvareita, kisällejä, oppipoi-
kia, merimiehiä, vaimoja ja lapsia.

Rummuttaja oli juuri lopettanut pärrytyk-
sensä, ja kansanjoukko kuunteli äänettömänä
kuinka kaupunginkirjuri Jöran Larsson suuret
siteet päässään luki ääneen raastuvanoikeuden
tuomiota:

»Koska värjärin renki Truls Olszon on ta-
vattu itse teossa Viikin Ladugårdin niityltä va-
rastamassa arvoisan karvarimestari Matz
Plåckin hiirenkarvaista hevosta ja katsoen ri-
koksen törkeyteen tuomitaan hän itselleen
rangaistukseksi ja muille esimerkiksi ja opiksi
menettämään henkensä, mutta katsoen myös-
kin rikoksen laatuun armahdetaan hän tei-
lauksesta ja mestauksesta, ja tapahtuu hengen
menettäminen hirttämällä, joka toimeenpan-
naan heti.»

Kuolemaantuomittu alkoi surkeasti uikuttaa
ja huusi kuuluvalla äänellä: — Minun aikomuk-
seni oli vaan juottaa karvarimestari Plåckin he-
vosta, kun se näytti niin janoiselta.

Mutta kansanjoukko päästi kovan naurun-
rähähdyksen, ja joukosta kuului huutoa:

— Ethän sinä ole mestari Plåckin renki, va-
ras sinä olet.

— Varas, varas, hevosvaras!

Kun kansanjoukko alkoi liikehtiä levotto-
masti, ryhtyi kookas ja lihava pyöveli, »Iso-Pet-
teri» laittamaan hirttonuoraa kuntoon ja
irvisteli pahaenteisesti. Sillä välin kiipesi kirk-
koherra Johan Bartolli lavalle ja piti tulikiveltä
tuoksuvan saarnan, joka oli enemmän tarkoitet-
tu kokoontuneelle kansalle kuin tuomitulle, ja
hän lopetti hartaalla äänellä: » — — — ja niin
on piru palkaksi siitä, ettäs kuuntelit hänen ää-
nensä viekoitusta, kantava kuumia hiiliä pääsi
alle ja pistävä sinua tulisella hiilihangollaan, sil-
lä ihmisen tulee täällä ajallisessa elämässä elä-
män kunniallisesti eikä rentuilla. Amen.»

Iso-Petteri pisti silmun tuomitun kaulaan ja
alkoi kiskoa silmussa olevaa ylös. Väkijoukossa
vallitsi juhlallinen hiljaisuus, kaikkien katseet
olivat kiinnitetyt hirressä roikkuvaan mieheen,
joka tempoili jaloillaan. Samassa nuora katkesi,
ja hirtetty putosi romahtaen maahan.

Väkijoukko päästi naurunremahduksen, ja
hirrestä pudonnut hieroi vuoroin kaulaansa ja

silmiään ikään kuin unesta herännyt. Joukosta
kuului kova huuto: — Laputa nyt tiehesi sinne,
josta olet tullutkin, kun kerran pääsit, ja joukko
yhtyi innostunein huudoin ja nauraen tähän ke-
hoitukseen.

Tuomittu katsahti ensin kaupunginkirjuriin,
sitten kirkkoherraan, vartioiviin sotamiehiin ja
vihdoin Isoon-Petteriin, joka nauraa hohotti pi-
dellen suurta vatsaansa.

— Mene poikani, mutta älä silleen syntiä
tee, vaan kadu syntejäsi ja elä kuin Jumalan sana
määrää, Amen, sanoi kirkkoherra ja risti käten-
sä.

Truls Olszonia ei tarvinnut toista kertaa ke-
hoittaa. Hän ponnahti seisomaan ja alkoi voi-
miensa takaa juosta kaupungin keskustasta pois
päin. Muutamat katselijoista seurasivat hänen
jälessään ja huusivat:

— Huono mies, et kelvannut edes pirulle.

— Varastapas vielä, ehkä sitten kelpaat.

Vihdoin tuomittu katosi talosokkeloiden
väliin, ja kansa alkoi hajaantua. Miehet menivät
naureskellen oluttupaan ja naiset lapsineen ko-
teihinsa. Mutta kirkkoherra Bartolli hyökkäsi
kaupunginkirjuri Larssonin luo ja huusi kovalla
äänellä:

— Aasi, vieläkö sinä aijot puhua pyhästä kolminaisuudesta?

— Raastuvassa siitä puhutaan, sanoi Larsson mahtavasti ja poistui sotamiesten saattamana teloituspaikalta.

Jonkun ajan kuluttua tuomitsi raastuvanoikeus kirkkoherra Johan Bartollin maksamaan sakkoa 6 markkaa korvapuustista, 12 markkaa päässä olevasta haavasta ja 20 markkaa kummastakin kasvoissa olevasta haavasta.

Mutta Truls Olszon ei ollut mitään oppinut eikä mitään unhoittanut. Eräänä päivänä ilmoitettiin kansalle samalla Helsingeforsin torilla, jossa hän oli hirrestä pudonnut, että hän monen uudistetun hevosvarkauden ja muiden varkauksien takia kiinni joutuneena oli hirtetty Turun tuomiokirkon torilla, ja siellä oli nuora kestänyt.

Kuninkaan hopeahaarikka

Ajankuva »Det Gamble Helsingefors'ista» v. 1636.

Rankka syyssade pieksi kaupungin mataloiden talojen liuskakivi- ja turvekattoja, ja vihainen tuuli tempoillen kolkutteli huonosti suljettuja ikkunanluukkuja.

Vantaanjoen varrella oleva pieni kaupunki näytti jo nukkuvan, vaikka kello oli vasta kahdeksan illalla. Pitkäaikaisista sateista lionneet kiveämättömät kadut olivat mustana mutavellinä, joka näytti vieläkin mustemmalta, kun kaduilla ei ollut mitään valaistusta. Vain siellä täällä huonosti suljettujen ikkunanluukkujen lomista pilkehti valoviiruja, jotka heijastelivat katujen lainehtivista lätäköistä, ilmaisten kuitenkin, että eräissä asumuksissa vielä valvottiin.

Kaupungin luoteisosassa olevalta kirkolta päin, pitkin polveilevaa katua hoippui kaksi tummaa olentoa. Kunnon porvarit aseseppä Klement Matsson ja nahkuri Stefan Andersson olivat lähteneet pienessä humalassa liikkeelle tässä koiranilmassa. He olivat päättäneet kuluttaa iltansa Annebergin vuoren juurella olevassa leskivaimo Dordi Bulderin krouvissa.

— Kirottuja nämä kadut, sadatteli Klement Matsson, — veneillä näitä katuja olisi paras kulkea.

— Älä turhia höpise, ala jo reivata purjeitasi, tuollahan jo loistaa »Kirjavan koiran» kutsuva lyhty Dordi-muorin portin päällä, sanoi Stefan Andersson ja kietoi tiiviimmin mustaa vaippaansa ympärilleen.

— Missä sinä sen näet, kuomaseni? ähkyi Klement Andersson ja tirkisteli pimeyteen. Hänen koko huomionsa kiintyi niin lyhdyn tähyämiseen, että hän kompastui keskellä vesilätäkköä olevaan hirrenpätkään ja kaatui pitkin pituuttaan liejuun.

— Jopa peräti, onkimatojako sinä Klement rupeat hakemaan, ilkkui Stefan Andersson ja kiirehti kulkuaan.

—Ole naljailematta, taikka minä vedän miekallani sinua otsaan niin, että toinen silmäsi hakee onkimatoja ja toinen tähtiä, huusi raivostunut Klement Matsson ja kömpi sadatellen ylös liejusta.

Stefan Andersson kiiruhti kulkuaan niin, että hän ehti »Kirjavan koiran» krouviin ennen seuralaistaan. Dordi-muorin tuvassa paloi iloinen pystyvalkea takassa, kun hän astui tupaan, joka oli täynnä porvareita, palkkasotureita ja merimiehiä. Tuvan peräseinällä olevan ristijalkapöydän ääressä vallitsi äänekäs naurunhohotus ja puheensorina. Pöydällä miesten edessä oli kuohuvia oluthaarikoita, ja muutamien varakkaampien edessä oli lisäksi pieniä tinapikareita, joissa helmeili kirkas paloviina.

Tulija otettiin vastaan raikuvilla hyvähuudoilla, ja pian hänenkin edessään kuohui täytetty oluthaarikka, jonka nopsajalka Dordi-muori oli kiikuttanut hänelle.

Nahkuri Andersson kertoi kuinka hän Klement Matssonin kanssa oli juhlinut koulumestarin luona, mutta siellä oli tavara loppunut kesken, ja siksi he yhdessä oivat lähteneet tänne jatkamaan.

— Mihinkä sinä sen asesepän jätit? kysyi pahasta suustaan ja tappeluhalustaan kuuluisa merimies Knut Selle, — taisit pimeässä nitistää koko teräksen kuuraajan?

— Älä tyhjiä, ei karvari vielä koskaan ole nitistänyt aseseppää, sanoi kyttyräselkäinen aseseppä Per Olsson ja röyhisti kitukasvuista ruhoaan.

Kaikki purskahtivat nauramaan, ja Knut Selle kohotti haarikkansa huutaen:

— Terve, pikku Petteri, maasta se pienikin ponnistaa!

Kaikki yhtyivät tähän maljaan. — Niin, kun miehellä on miehen sisu, nauroi kyttyräselkäinen Per Olsson ja muljahutteli ovelan näköisenä suuria silmiään.

— Mutta mihinkä se Klement Matsson jäi? kysyi eräs joukosta.

— Noo, noo, ei se sen kummempaa, kait hän joutuu, kun aikansa rypee. Nähkääs, se kunnon Klement uskoo kuten arvon kirkkoherra Bartollikin, että savivellissä kylpeminen on hyvää kihdille. Hän päätti kait sitä nyt heti koettaa, kun siihen tarjoutui tilaisuus, ja paiskasi itsensä tuolla kadulla vesilätäkköön mahalleen.

Syntyi taas yleinen nauru. Samassa tuvan ovi avautui, ja sisälle astui aseseppä Klement Matsson surkean näköisenä. Hänen aikoinaan vaaleanharmaa viittansa oli yltyleensä liejussa, ja hänen kasvonsa olivat mustat kuin nuohoojan.

33

Kaikki kääntyivät tulokasta katsomaan, ja merimies Selle huusi täyttä kurkkua:

— Terve, Matsson, mutakylpy taisi helpata kihtiäsi?

Syntyi täydellinen hiljaisuus. Kaikki odottivat uteliaina mitä nyt tapahtuisi, sillä aseseppä Matssonin mustat kaivot vääntyivät kauheaan irvistykseen. Jos ilkkuja olisi ollut joku toinen kuin roteva ja pitkä tappelupukari Selle, olisi hän heti saanut kokea mihin Klement Matssonin terä pystyy. Mutta nyt hän hampaittensa välistä kiroillen paiskasi märän vaippansa lattialle, pesi ovenloukossa olevassa sangossa kasvonsa ja kätensä, astui mahtavasti pöydän ääreen sekä iskien lujasti miekkansa huotralla pöytään huusi:

— Kas noin, Dordi Bulder, heti viisi kippoa viinaa pöytään, tässä koiranilmassa saa todella kihdin, ellei sitä ennestään ole.

Dordi-muori riensi täyttämään käskyä, ja mitään sanomatta tyhjensi Klement Matsson kaikki tinapikarit peräperää.

— Kasvoin sinun on oltava, sanoi Pitkä Pirkko nokkaansa, huudahti aseseppä Matsson ja pyyhki tyytyväisenä suutaan. — Mitäs uutta arvon Helsinkiimme kuuluu?

— Mitäpä sitä uutta, kuningas kuuluu taas määränneen uusia veroja, vaikka miehillä ei enää ole taalariakaan nelikon pohjalla, sanoi kyttyräselkä Per Olsson, — ja sitten kuuluu tämä merilokki Selle nostavan tänä aamuna ankkurinsa ja lähtevän hollantilaisella suolakuunarilla suolaisemmille merille.

— No, se joltakin kuulostaa, onkin jo aika lähteä tästä arvon kaupungista hyvän sään aikana, sanoi Klement Matsson kalistellen miekanhuotraansa.

— Sitähän minäkin, ja siksipä sitä nyt juodaankin tänä iltana minun peijaisiani. Muori hoi, olutta, ja viinaa lisää jokaiselle, tämä poika nyt tänä iltana kustantaa.

— Pystyn minä itsekin juomani maksamaan, en ole ennenkään krouveissa ankkurissa istunut, tiuskasi Klement Matsson.

— Ka, juo sinä poika omia peijaisiasi, minä juon omiani, sanoi Knut Selle ja kulautti haarikkansa tyhjäksi yhdellä hengenvedolla.

Riitakumppanit jättivät toisensa hetkeksi rauhaan, ja juominkeja jatkettiin kertoen siivottomia juttuja ja laulaa hoilottaen. Tuli takassa oli jo palanut loppuun. Huoneessa vallitsi kodikas hämärä. Pöydällä paloi kituvaloinen talilamppu, jonka valon oli vaikeata tunkeutua sakean tupakansavun lävitse. Koko tupa ikäänkuin lainehti savun ja äänekkään melun aallokkona.

Tätä menoamista oli jo jatkunut useita tunteja. Puoliyökin oli jo aikoja sivuutettu, yksi ja toinen juhlijoista oli vaipunut penkille unen helmoihin, mutta Varsinkin Klement Matsson ja Knut Selle olivat vielä virkeitä ja keihästivät toisiaan myrkyllisillä pistopuheilla.

— Hoi, Dordi-muori, tuoppas pöytään se Kustaa-kuninkaan hopeahaarikka, jonka kuningas täällä käydessään lahjoitti appiukollesi; tahdon juoda lähtömaljan kuninkaan haarikasta, komenteli merimies Selle.

— Älä luulottele, ei sitä tuoda tuollaisen haikalan eteen, kahdeksankymmentäkaksi ajastaikaa sitten autuaasti nukkunut Göran Bulder sai sen Kustaa Vaasan korkeasta kädestä, eikä sitä haarikkaa pistetä jokaisen käteen.

— Mutta minun käteeni se pistetään, Dordi-muori, eikö totta, tuo pöytään vaan, minulla on varaa maksaa vaikka kaksi sellaista haarikkaa, sanoi Klement Matsson ylvästellen ja paiskasi pöydälle suuren pussin, joka oli täynnä kultarahoja, — kas noin, Dordi-muori.

— Jaa, se on eri juttu se. Sinustahan voi pian

tulla vaikka kaupunkimme pormestari, niin että saamas pitää, sanoi Dordi-muori ja hävisi peräkamariin.

Hetken kuluttua hän palasi kädessään tukevatekoinen hopeahaarikka, jonka kullatut kuviot loistivat talilampun heikossa valossa. Hän laski sen täyteen kuohuvaa, parhainta olutta ja asetti sen itsetietoinen ilme kasvoillaan aseseppä Matssonin eteen.

— Nyt juodaan minun peijaisiani, rehenteli Klement Matsson ja heilutteli, välkkyvää haarikkaa merimies Sellen nenän edessä.

—Top, top, älähän hätäille. Odotahan, jahka minäkin ehdin saada oman ryyppyni. Dordimuori, kait sinä minulle kuitenkin haet tuolta kellarista edes pullon oikeata reinskan viiniä. Kas tuossa kolikoita, sanoi merimies Selle ja paiskasi pöydälle muutamia taalareita.

— Ka, saamas pitää, kun mielesi tekee ja kukkaro kestää, sanoi Dordi-muori ja keräsi rahat pöydältä, pisti ne vyöllään riippuvaan laukkuun ja sytytti sitten päreen. Hän otti palavan päreen hampaittensa väliin, nosti painavan lattialuukun paikoiltaan ja laskeutui varovaisesti alas jyrkkiä portaita pimeään maakuoppaan.

Samassa paiskasi merimies Selle pöydällä

37

olevan talilampun kumoon. Lampun sammuvassa valossa välkehti kuninkaan hopeahaarikka vielä silmänräpäyksen ajan.

— Nyt juodaan sinun peijaisiasi, karjasi merimies Selle, ponnahti pystyyn ja sieppasi haarikan Klement Mattssonin kädestä. Samassa silmänräpäyksessä välähti kirkas puukon terä. Kuului kova kiljahdus. Syntyi kovaa melua.

Kaikki huusivat ja huitoivat pimeässä tuvassa.

Kuului uusi kiljahdus, jota seurasi raskas jysähdys kun merimies Selle paiskasi Klement Mattssonin hervottoman ruumiin maakuoppaan.

Raskas kellarinluukku putosi pamahtaen kiinni, ja samassa Dordi-muorin päre sammui. Pimeässä vankilassaan kuuli Dordi-muori yllään meteliä ja jalkojen kopinaa. Sitten kaikki äänet äkkiä kaikkosivat, ja kellarissa vallitsi kuoleman hiljaisuus. Dordi-muori hapuili ympärilleen pimeässä kellarissa, hänen kätensä sattui vierellään olevaan kuumaan verilätäkköön, hän kirkasi kauhusta ja vaipui tainnoksiin...

* * *

Aamu jo sarasti ulkona, kun päihtyneet miehet ajoivat edellään pakenevaa merimies

Selleä, joka juoksi pitkin pääkadun kanssa yh-densuuntaisesti kulkevaa rantakatua. Mutta hän oli pitkäjalkainen ja nopea. Hän vilkaisi huo-mattavan välimatkan päässä rientäviin takaa-ajajiinsa ja hävisi ranta-aittojen väliin. Hän työnsi rivakasti rannassa odottavan tammiruu-hensa vesille ja alkoi soutaa kaupungin lahdella juuri ankkuriaan nostavaa parkkilaiva »Stella polarista» kohden.

Takaa-ajajat seisoivat neuvottomina rannalla ja etsivät kiireisesti venettä, jolla voisijat seurata pakenevaa. Mutta kesti kauan ennen kuin he löysivät sellaisen veneen, jossa oli airot veneessä.

Juuri kun he työnsivät veneensä vesille kii-pesi merimies Selle ketterästi pitkin köysitik-kaita parkkilaivan kannelle.

Aluksen hiukan kosteat purjeet olivat täysin avoimina ja loistivat punertavina aamuauringon kirkkaassa valaistuksessa. Vinha laitatuuli pul-listi purjeita, ja hiukan kallistellen kulki mahta-va alus ulos kaupungin sameavetisestä lahdesta merta kohti.

Takaa-ajajat soutivat henkensä kaupalla. Mutta yhä voimakkaammaksi käyvä tuuli lisäsi laivan vauhtia. Veneessäolijat huusivat:

— Murhaaja, varas! Pidättäkää hänet ...

Mutta merimies Selle istui huoletonna haja-reisin laivan kaiteella, kohotti kädessään olevaa kiiltävää haarikkaa ja huusi:

— Terve, pojat, nyt juodaan tämän lokin lähtömaljat!

Hänen siinä huutaessaan ja heilutellessaan hopeahaarikkaa pääsi se luiskahtamaan hänen kädestään ja putosi mereen. Mutta aluksen vauhti vaan lisääntyi, ja viimeinen mitä venees-säolijat kuulivat tuulelta oli huuto:

— Ei se tavara ole kateissa, josta tiedetään missä se on.

Kun takaa-ajajat saapuivat sille kohdalle, jonne arvelivat haarikan pudonneen, heittivät he mereen ankkurin, jonka toisessa päässä oleva korkkipala jäi aalloilla kellumaan merkiksi siitä, mistä haarikkaa tyvenen tullen oli etsittävä.

Kolmen päivän kuluttua olivat miltei kaikki kaupungin venheet kuninkaan hopeahaarikkaa naaraamassa, mutta meren liejuiseen pohjaan se jäi.

* * *

Kun takaa-ajajat olivat uupuneina saapuneet Dordi-muorin tuvalle, olivat he ensitöikseen avanneet ikkunaluukut ja nähneet tuvassa vallitsevan sekasorron.

Dordi-muorin olivat apuun tulleet miehet päästäneet päivänvaloon ja vetäneet esille tiedottomassa tilassa olevan Klement Matssonin.

Dordi-muori oli riehunut ja itkenyt kadonneen hopeahaarikkansa takia, toistellut kuin höperö:

—Klement Matssonin se on maksettava!

Aseseppä Klement Matsson oli joutunut kaupungissa sattumalta olevan kylvettäjän hoitoon ja maannut kauan heikkona, sairaana vuoteen omana, Dordi-muorille hän oli maksanut haarikanhinnan kaksinkertaisesti ja surrut rahansa menetystä.

Haavakuume

Ajankuva »Det Gamble Helsingefors'ista» v. 1636.

Eräänä sateisena syyskuun yönä oli aseseppä Klement Matsson viettänyt iltaansa Annebergin-vuoren juurella olevassa leskivaimo Dordi Bulderin krouvissa. »Kirjavan koiran» kapakassa oli sinä iltana ollut useita helsinkiläisiä, niiden joukossa suuri tappelupukari, merimies Selle, joka hänen ja Klement Matssonin välillä tapahtuneen sanakiistan johdosta oli iskenyt Klement Matssonin vatsaan kaksi syvää haavaa, paiskannut haavoittuneen krouvin lattian alla olevaan viinikellariin, ja ryöstettyään Kustaa-kuninkaan hopeahaarikan paennut Hollantiin lähtevään laivaan.

Takaa-ajosta palanneet juomaveikot olivat raahanneet tiedottomassa tilassa olevan Klement Matssonin ylös kellarista ja vieneet hänet kotiinsa. Mukana ollut nahkuri Stefan Andersson oli kutsunut kaupungissa sattumalta majailevan Thomas Baderin sairasta hoitamaan.

Thomas Bader oli turkulainen saunottaja, joka pääkaupungissa oli harjoittanut suurella varmuudella, vaikkakin sangen epämääräisellä menestyksellä lääkärin vastuunalaista ammattia. Vantaanjoen Helsingeforsissa hänellä kuitenkin vielä toistaiseksi oli etevän haavurin maine.

Saunottaja Thomas oli todella arvokkaan näköinen mies. Hänen lyhyt ja pullea vartalonsa sekä keski-ikäisen miehen poskiksi liiankin täyteläiset ja punakat posket olivat takeena siitä, että hän ymmärsi ruumiin terveydenhoitoa. Tummasankaiset, pyöreät silmälasit hänen nenällään olivat omiaan lisäämään hänen oppinutta arvokkuuttaan.

Tärkeännäköisenä hän tarkasteli huolellisesti potilastaan, joka paljosta verenvuodosta kalpeana makasi tajuttomana vuoteellaan tuvan perällä olevassa pieni-ikkunaisessa kamarissa.

Aseseppä Matssonin vaimo, Gertrud, itki ääneen ja huuteli tuon tuostakin kovalla äänellä:

— Hän kuolee, Jumala armahtakoon, hän kuolee. Rakas Bader, pelastakaa hänen henkensä.

Thomas Bader katsoi vaimoon suurten silmälasiensa alta ja sanoi arvokkaasti:

— Vaiti, vaimo, mene pois täältä huutamasta, ei Klement Matsson kuole niin kauan, kuin minä olen täällä.

Mutta kun Gertrud-rouva ei tehnyt liikettäkään poistuakseen, vaan uikutti käsiään väännellen, tarttui saunottaja-Thomas häntä käsivarteen ja veti häntä ovea kohden.

— Vaimo, minä sanon, mene tiehesi ja tule sitten, kun minä kutsun sinua.

Hän työnsi vastustelevan naisen ulos ja sulki oven. Sitten alkoi hän taas tutkia potilastaan.

— Tässä on iskettävä suonta ja herätettävä miesparka, mutisi hän itseksensä ja alkoi etsiä homepilkkuisesta nahkalaukustaan suoneniskurautaa. Löydettyään etsimänsä teräkalun kaivoi hän laukustaan esille vielä liinariepuja, erilaisia rohtoja sisältäviä pulloja ja purnukoita sekä muita työkaluja. Sitten hän meni tuvan ovelle ja sanoi arvokkaasti:

— Stefan Andersson, käy auttamaan minua, tarvitsen miehen apua, ja käske piian tuoda kiululla lähdevettä.

Hetken kuluttua oli suonenisku täydessä käynnissä. Stefan Andersson piteli sairaan oikeata kättä. Thomas Baderin hoidellessa iskurautaa. Karjakko Ursula, joka juuri oli tullut

44

navetasta, nyhti puukolla Thomas Baderin käskystä liinarievusta hienoa nöyhtää ja hieroi sitä likaisten käsiensä välissä pieniksi palloiksi.

Katkaistusta valtimosta syöksyi helakanpunainen verisuihku, joka suuntautui saunottajan kädessä olevaan suureen puuvatiin. Sairas alkoi hiljalleen liikehtiä.

— Kas noin, jopa riittää tällä kertaa, sanoi Thomas Bader ja sulki suonen tukevalla liinariepukääreellä. Sitten hän alkoi pestä kiulussa kastamillaan rievuilla sairaan vatsahaavoja. Mutta kun niistä tulvehti verta ryöppynä, tukki hän niihin liinariepuja ja Ursulan valmistamia nöyhtäpalloja sekä sitoi ne umpeen kireällä liinasiteellä. Annettuaan potilaalle hyvän kulauksen koiruohoilla höystettyä viinaa ja pidettyään hänen sieramiensa edessä hirvensarvisuolalla täytettyä pulloa jäi hän odottamaan työnsä tuloksia.

Klement Matsson avasi hetken kuluttua silmänsä ja kysyi heikolla äänellä:

— Missä minä olen?

— Kotonasi, kuomaseni, vastasi Stefan Andersson ja hymyili ystävällisesti.

Thomas Bader meni tuvan ovelle ja sanoi:

— Vaimo, tule nyt sisälle ja näe, että herrasi elää.

Gertrud-rouva tuli varovaisesti varpaisillaan astuen ja alkoi itkien valitella:

— Klement parka, ethän sinä vain kuole?

— Sanoinhan sinulle, vaimo, ettei Matsson kuole niin kauan kuin minä olen täällä, ehätti Thomas Bader ennen kuin sairas oli ehtinyt avatakaan suutaan.

Sairas nyökytti hyväksyvästi päätään ja vaipui hetken kuluttua unentapaiseen horteeseen. Gertrud-rouva istui jakkaralla vuoteen vieressä ja silitteli sairaan kuumaa kättä. Sairaan uni alkoi käydä levottomaksi. Hän paiskelehti vuoteellaan ja puhui sekavia, katkonaisia lauseita.

— Matssonilla on luonnollisesti kuumetta, mutta kyllä se siitä tasaantuu, kun minä häntä hoidan. Mene sinä nyt täältä tupaan, sanoi hän Gertrud-rouvalle, — ja sinä, Stefan, voit jäädä avukseni tänne täksi päiväksi ja ehkäpä yöksikin, miehen apu voi olla täällä tarpeen, puheli Thomas Bader tasaisella äänellä.

Gertrud-rouva poistui alistuvaisena, ja hänen mentyään sanoi Thomas Bader:

— Tässä on tosi kysymyksessä, haavat ovat syvät ja suuret, kuume voi nousta pahemmaksikin, kas, kas, nythän se jo pyrkii istumaan.

Molemmat miehet riensivät sairaan luo ja saivat hänet vaivoin pysymään alallaan.

— Aseseppä on riuska mies, sanoi Stefan Andersson.

— Näkyy olevan, ja kyllä hän tämän löylyn kestää, annan hänelle vain hiukan viinaa, että paremmin nukkuu.

Kun potilas oli saanut annoksensa, ottivat sekä lääkäri että apulainen kumpikin pienen vahvistusryypyn. Potilas riuhtoi ja tempoili kauan aikaa, mutta illemmalla hänen voimansa uupuivat ja hän nukkui raskaasti.

Yöllä sai hän uusia hourekohtauksia, mutta Baderin viina-annokset taltuttivat hänet.

Seuraavana päivänä oli potilas hyvin heikko ja rauhallinen, mutta iltapäivällä kohosi taas kuume, ja hän alkoi käydä riehakaksi.

— Tässä on koetettava tepsivämpää keinoa, sanoi Thomas Bader levottomalle Stefan Anderssonille, — annan hänelle ulostavaa resiiniöljyä, niin eiköhän ota kuume talttuakseen.

Resiiniöljyn vaikutukset näyttäytyivät pian, ja sen teho oli niin voimakas, että potilas vihdoin pyörtyi.

— Kyllä tästä hyvä tulee, vaikka se vie aikaa, selitteli Thomas Bader ja piteli sairaan nenän alla hirvensuolapulloaan, — ja ellei hän tästä tule tuntoihinsa, niin isken suonta.

Viikon päivät oli Klement Matsson jo maannut heikossa tilassa, ja aina kun kuume oli noussut liian korkeaksi, oli Thomas Bader antanut potilaalleen resiiniöljyä taikka iskenyt suonta.

Vaikka sekä Gertrud-rouva että Stefan Andersson olivat alkaneet epäillä Thomas Baderin taitoa, maksettiin hänelle ne kymmenen taaleria, jotka hän oli pyytänyt etukäteen vaivoistaan.

Mutta päivä päivältä alkoi potilaan tila käydä aveluttavammaksi, sillä haavat olivat ruvenneet märkimään eivätkä näyttäneet kiinniparanemisen merkkiäkään.

Eräänä päivänä oli Gertrud-rouva saanut käsiinsä juuri matkoiltaan palanneen oman kaupungin tunnetun haavurin, Mårten Barberaren. Mårten-parranajaja oli todella taitava haavuri. Kun hän Gertrud-rouvan pyynnöstä tarkasti potilaan haavoja, huomasi hän, että Thomas Bader oli unhoittanut isompaan haavaan suuren liinarievun.

Hän poisti varovaisesti visvaisen rievun, pesi haavan huolellisesti ja voiteli sitä hylkeenrasvalla. Lopuksi hän sitoi sen lujasti kiinni liinakääreellä, johon oli sivelty hiukan tervaa.

Kun Thomas Bader saapui sairaskäynneiltään kaupungilla Klement Matssonin taloon, syntyi Mårtenin ja hänen välillään kauhea tora.

— Sinä olet suuri sika, huusi Mårten Barberare Thomas Baderille, — saunan permantoja sinä ehkä pystyt pesemään, mutta mikään haavuri sinä et ole.

— Sinä myös osaat paremmin leikata haavoja ihmisten leukoihin kuin haavoja parantaa. Olet oikea sian kalttaaja, huusi Thomas Bader raivosta tulipunaisena.

— Katso vain, etten kalttaa sinua elävältä, senkin saunapiika, sinähän tapat ihmiset saunarievuillasi.

— Millä rievuilla, sanoppas yksi esimerkki?

— Esimerkiksi juuri tällä, jonka äsken löysin Klement Matssonin haavasta.

— Ei siellä mitään riepuja ollut, omiasi taitavat olla.

— Vai ei?

— Jumalauta, ei! Näytä puheesi toteen, karvanleikkaaja.

— Se on helposti tehty, kas tässä, sanoi Mårten Barberare ja paiskasi löyhkäävän visvarievun Thomas Baderin kasvoille.

— Kyllä minä sinut, huusi Thomas Bader raivoissaan ja syöksyi vastustajaansa käsiksi.

49

Syntyi kova tappelu ja käsirysy, jossa ei säästetty sanoja eikä iskuja. Parranajaja oli kuitenkin saunottajaa voimakkaampi, ja vihdoin hän sai lihavan Thomas Baderin alleen ja mukiloi häntä oikein voimainsa takaa. Lopulta raahasi hän Baderin tupaan ja paiskasi hänet ulos kartanolle.

— Raastupaan minä sinut haastan vastaamaan ihmisen rääkkäyksestä, huohotti Thomas Bader.

— Rääkkääjä olet itse, Klement Matsson haastaa sinut raastupaan vastaamaan teoistasi, huusi Mårten Barberare.

— Niin, sen hän varmasti tekee, jos paranee, ja ellei parane, niin minä haastan sinut vastaamaan mieheni murhasta, intoili Gertrud-rouva.

Kahden viikon kuluttua oli Klement Matsson jo niin toipunut, että hän saattoi kutsua luokseen kaupungin pormestarin Bertel Korpin, joka kehoitti häntä nostamaan kanteen Thomas Baderia vastaan.

Tieto pormestarin käynnistä Klement Matssonin luona oli tullut Thomas Baderinkin korviin, ja hän päätti lähteä pakoon koko kaupungista. Mutta Turkuun vievällä tiellä, noin neljän penikulman päässä Helsingistä, ratsastavat huovit saavuttivat hänet ja raahasivat hänet raatihuoneen pimeään ja kosteaan kellariin.

Jutun käsittely raastuvassa oli pitkällinen ja monimutkainen, eivätkä Mårten Barberare ja Thomas Bader tahtoneet korkean oikeudenkaan edessä voida hillitä pahaa kieltään. Vihdoin oikeus tuomitsi Mårten Barberaren kaksi kertaa kahden taalarin sakkoon, sitten kun hän oli peruuttanut haukkumasanansa ja tunnustanut lyöneensä Thomas Baderia vihan vimmoissa.

Thomas Bader tuomittiin maksamaan takaisin Klement Matssonille ne kymmenen taaleria, jotka hän oli saanut työstään etukäteen. Lisäksi tuomittiin hän huolimattomuutensa ja taitamattomuutensa takia maksamaan Klement Matssonille kolmekymmentä taaleria kipurahoja sekä kaksi kertaa kolme taaleria verona kaupungille siitä, että hän oli harjoittanut ammattia kaupungissa olematta kaupungin porvari.

Kun Klement Matsson alkoi toipua, kävi Dordi Bulder tuon tuostakin hänen luonaan karttamassa maksua siitä hopeahaarikasta, jonka merimies Selle oli ryöstänyt Klement Matssonin kädestä »Kirjavan koiran» krouvissa. Mutta Klement Matsson ei tahtonut kuulla puhuttavankaan koko haarikasta.

— Asia ei liikuta minua, sanoi hän, — pyydä

maksua Selleltä taikka hae haarikka kaupungin-
lahden liejupohjasta, jossa se kuuluu olevan.

— Ei sitä kukaan enää sieltä löydä, itki Dor-
di-muori, — ja se oli Kustaa-kuninkaan haarik-
ka, joka oli meille sukumuisto.

— No, pidä vahinko sitten hyvänäsi, kuka
käski sinun raahata sitä esille sellaisessa seuras-
sa.

— Mutta juuri sinähän, rakas Matsson, sen
tahdoit esille. En totisesti olisi tuonut sitä käsii-
si, ellet olisi niin kärttänyt.

— Älä sinä, Dordi-muori, luule, etten voisi
sitä maksaa, jos vain tahtoisin, mutta...

— Mutta tahdo sitten, ehätti Dordi-muori.

Samassa astui Stefan Andersson huoneeseen
ja kuultuaan, että puhe taaskin koski Kustaa-
kuninkaan haarikkaa, sanoi:

— Kyllä sinä, Klement Matsson, voit maksaa
lesken menetetyn tavaran ja pitää sanasi, sillä se
puoskari Bader tuomittiin maksamaan sinulle
kolmekymmentä taaleria kipurahoja, ja ne kyllä
riittävät sen haarikan maksuksi.

— No, ota ne sitte, kait ne riittävät, Dordi-
muori?

— Riittäväthän toki, kost' Jumala, sinä olet
sittenkin kunniallinen mies, Klement Matsson,

ja aina minä olen sitä sanonut, että pormestari sinusta vielä kerran tulee.

Dordi-muori sai rahat ja lähti Anneberginvuoren juurella olevaa kotiansa kohden sydämessään siunaten sitä, että Jumala kaikkiviisaudessaan oli lähettänyt Thomas Baderin hoitamaan Klement Matssonin haavoja.

Pitkän-Pirkon pahat työt

Ajankuva »Det Gamble Helsingefors'ista» v. 1639.

Oli maaliskuun aurinkoinen, lievästi pakastava päivä Vantaanjoen suussa olevassa vanhassa Helsingin kaupungissa. Pakkanen oli koettavinaan parastaan, mutta aurinko oli jo kuitenkin saanut Pitkän-Antin turvekattoisten asumusten räystäskynttilät vettä norumaan.

Ilmassa tuntui varhaiskevään riemastuttava tuoksu, ja lumi pihamaalla näytti sulavalta ja tahraiselta. Pienen kaupungin mutkikkailta kaduilta ja toreilta kuului ihmisten kajahtelevia huutoja sekä kulkusten soittoa. Kyyhkyset kuhertelivat räystäiden alla, ja jostakin etäämmältä kantoi tuuli huonosti viritetyn viulun iloisia säveliä. Ne taisivat tulla Bulderin krouvista, jossa aina oli iloa ja menoamista.

Mutta Pitkän-Antin asumusten piirissä,

jonka muodostivat matala, pienillä ikkunoilla varustettu tuparakennus, riihi, sauna, navetta, talli ja paja, oli keskipäivästä huolimatta hiljaista, ikäänkuin koko talo olisi nukkunut. Pajasta kuitenkin kuului vasaran kalketta, ollen todistuksena siitä, että Pitkä-Antti itse siellä raudoitti rattaitaan kevätkeliä varten.

Yhtäkkiä kuului kova pamaus, pirtin ovi lensi selkostenselälleen lyöden seinään, ja ovesta syöksyi lihavahko piika Valborg käsivarrellaan suuri vaatemytty. Hänen perässään juoksi pitkä ja laiha nainen, joka piti varsiluutaa sojollaan kädessään. Hän oli huonoista elämäntavoistaan kuuluisa Pitkän-Antin sisar, Pitkä-Pirkko, joka miehensä palvellessa rakuunana kolmikymmenvuotisen sodan armeijassa asusteli veljensä luona pikkutuvassa.

— Ryökäle, kiittämätön lunttu, — kirkui hän ja uhkasi luudallaan Valborgia, joka suojeli itseään vaatemytyllä ja syöksi suustaan haukkumasanoja:

— Varas sinä olet, senkin humalaseiväs, oikea emävaras, ja hullu sinä olet myös kun luulet, että minä rupeaisin sinun varastamiasi hynttyitä varastelemaan.

— Sulje jo pakanallinen kitasi, taikka minä vedän sinut tuohon oikoseksi.

— Sinua niinä en pelkää, pitkäkoipi, pitkä-
kynsi. Kun minä kerran puhallan, niin makaat
tuossa kuin taittunut kaljaasinmasto, — kirkui
Valborg ja paiskasi vaatemyttynsä likaiselle
hangelle.

— Mitä minä olen varastanut, sano, senkin
herhiläinen, sanoi Pitkä-Pirkko hilliten kiihko-
aan. — En, jumala minua auttakoon, ole varas-
tanut äimääkään.

— Vai et, kiero pyssyn krassi! Sanoihan Jo-
han Simonszon minulle itse pauhaten ja melu-
ten, että sinä olet kähveltänyt hänen sisareltaan
yhden vaimoihmisen kapan, verkaröijyn ja vih-
riän vyöliinan.

— Voi pyhä Habakuk, valehtelee, valehtelee
kuin nälkäinen koira, ärjyi Pitkä-Pirkko.

— Eikä valehtele, lupasi itse mennä raastu-
paan ja laissa asiansa toteennäyttää. Ja tiedän
mä senkin, että sinä siltä krämpältä Camp
Märtheniltä, joka makaa hospitaalissa, olet pu-
haltanut kolme paitaa, yhden Ruotsin taalarin
ja yhdeksän ryssänruplaa sekä neljä kruusattua
kraakua.

— Himmene, hirtehinen, johan sinä ihan ju-
malattomia, sanoi Pitkä-Pirkko ja kohotti taas
luutansa.

— Tiedänhän minä ainakin missä kaulukset ovat, tuolla ne ovat Antin tuvan ja halkopinon välissä rytyssä kuin olisivat sormuksen läpi vedetyt.

— Vai sinä iletys minun nurkkiani nuuskit. Ilmaiseksi olet tuvassani asunut, ja nyt kohiset kuin Vantaa jäänlähdössä. Ulos meidän kartanolta, taikka nyljen nahkasi elävältä kuin pyhältä Bartholomeukselta, huusi hän ja alkoi suimia voimiensa takaa Valborgia luudalla.

Valborg puolustautui voimiensa mukaan, mutta Pitkällä-Pirkolla oli ylivoimainen ote. Hän hakkasi ja huusi, ja Valborg koetti myöskin lisätä huudoillaan äänen paljoutta. Juuri kun Pitkä-Antti pisti päänsä pajan ovesta, potkaisi Valborg-piika Pirkkoa vatsaan. Pitkä-Pirkko kiljaisi ja kaatui pitkälleen likaiselle pihalle. Valborg ei jäänyt odottamaan Pitkän-Pirkon nousua, vaan sieppasi vaatemyttynsä ja juoksi minkä jaloista lähti ulos portista kadulle. Kun Pitkä-Antti näki piian katoavan portista, sylkäisi hän pitkän syljen, mutisten joitakin kirouksia, ja astui jälleen pajaan.

Pitkä-Pirkko nousi verkalleen ja koetteli pahasti irvistillen vatsaansa ja sydänalaansa. Sitten hän hetkisen pälyili ympärilleen ja livahti tupaansa. Kotvan kuluttua hän palasi ja juoksi tuvan seinustalla olevan halkopinon luo sekä veti sieltä esille miehen paidan ja kaksi rypistynyttä harsokaulusta sekä kaivoi lumesta muutamia ruplan rahoja. Sitten hän livahti saaliineen tupaansa.

Pihamaalla oli taas hiljaista. Se oli autio ja tyhjä, pajasta vain kuului tuttua kilkatusta. Taas ilmestyi Pitkä-Pirkko kartanolle, vilkuili ympärilleen, katsahti pajaan päin ja livahti sitten portista kadulle.

Ei kestänyt kauan, ennen kuin hän taas palasi nuoren tytön kanssa, joka oli kookas ja vähämielinen. Hänen seuralaisensa oli kaikkien tuntema Skinnarin Margareta.

— Katsos nyt, Margareta, sanoi hän matalalla ja salaperäisellä äänellä. — Minulla on tuolla tuvassa suuri kaljatynnyri, mutta se on niin painava, etten minä yksin jaksa sitä liikuttaa. Sinä olet vahva kuin karhu, viedään se yhdessä Antin saunaan, saat sitten palkaksi yhden nisukorpun.

— Joo, joo, kyllä Margareta kantaa mutta annatkos sinä vissisti sen korpun Margaretalle? Anna Margaretalle vielä yksi sämpylä, niin Margareta kantaa sen ihan yksin, kyllä Margareta jaksaa, puheli vähämielinen äänekkäästi.

— Tyst nyt, kyllä minä annan, sämpylänkin annan, jos viet sen tynnyrin tuonne Antin saunaan, sanoi Pitkä-Pirkko ja vei tytön tupaan.

Tuskin he olivat vaivalla kantaneet tynnyrin pihan yli saunaan ja kätkeneet sen saunan eteisessä olevan suuren vihtakasan alle, kun pihasta alkoi kuulua äänekästä suomenkielistä puhetta. Pitkä-Pirkko ilmestyi saunanovelle ja huusi miehille huonolla suomenkielellä:

— Tänne näin, se on niin helkutin painava.

Miehet ajoivat saunan eteen ja kantoivat Pitkän-Pirkon kehoituksesta suuren ja painavan padan pihalle sekä alkoivat täyttää sitä rukiinjyvillä, joita heillä oli reessään suuri tynnyrillinen.

— Täyteen vain, aivan täyteen, ei se ole liikaa maksettu näin hyvästä padasta, oikeata Ruotsin malmia, kehui Pitkä-Pirkko.

Samassa ilmestyi Pitkä-Anttikin pihalle ja kysyi:

— Mitäs kauppoja ne suomalaiset täällä hierovat?

— Ostamme vain tämän padan tuolta roikaleelta, sanoi toinen miehistä ja lappoi viljaa pataan.

— Mistä sinä Pirkko olet tiimiin padan varastanut, en ole sitä ennen nähnytkään? sanoi Pitkä-Antti jylisevällä äänellä.

— Varastanut? Häpeä toki, milloin minä olen sellaisissa puuhissa ollut? Sain sen rakuunoilta lahjaksi, tiedän mä, äläkä sinä tuppaa nenääsi minun tekemisiini. Padan mitta rukiita ei ole liikaa näin suuresta padasta.

— Ei ole liikaa, eivätkä rukiit haitaksi talossa ole, mutta sen minä sanon sinulle, Pirkko, että ellet sinä lopeta tuota pitkäkyntisyyttäsi, niin minä väännän pihdeillä kyntesi poikki, tiuskasi Pitkä-Antti ja lähti pajaan.

Miehet kaasivat jyvät Pitkän-Pirkon tuomaan tynnyriin ja kantoivat sen hänen pyynnöstään aittaan. Kaupoistaan hyvillään ja nöyrästi kiitellen ajoivat miehet patoineen pois pihasta.

Suomalaisten mentyä haki Pitkä-Pirkko tuvasta pienen vesikorpun Skinnarin Margaretalle. Mutta kun tyttö kärkkyi vielä sämpylääkin, kimpaantui Pitkä-Pirkko.

— Vai vielä tässä sämpylöitä! Ethän sinä yksin sitä jaksanutkaan kantaa! Pidä suusi kiinni koko asiasta, ja kas tässä sinulle sämpylä. Samassa hän läimähytti aimo korvapuustin tytölle ja juoksi pyrynä tupaansa.

Tyttö jäi pihalle parkumaan täyttä kurkkua ja asteli hitaasti porttia kohti. Portilla tuli häntä vastaan raastuvankirjuri Hans Märthenszon kahden sotamiehen seuraamana.

— Mitäs se Margareta mölisee? — sanoi kirjuri.

— Niin kun se Pitkä-Pirkko ei antanut Margaretalle sämpylää, vaikka lupasi, ja sitten se vielä löi korvalle.

— Mutta sinullahan on kädessäsi korppu, miksi se sen sinulle antoi?

— Margareta kantoi painavan kaljatynnyrin Pirkon kanssa saunaan, mutta se ei antanut Margaretalle sämpylää, yhyy ...

— Älä nyt ulise, vaan näytä meille se tynnyri.

— Ei Margareta näytä.

— Saat rintasokeria, jos näytät. Kas tässä! sanoi kirjuri Märthenszon ja kaivoi vyössään riippuvasta laukusta pienen rintasokerinokareen.

Tyttö ihastui lahjasta ja lähti heti näyttämään. Sotamiehet kantoivat tynnyrin pihalle, ja kirjuri tarkasti sen sisältöä.

— Hyvä on, viekää se takaisin paikalleen, sanoi hän tyytyväisenä. — Enkös minä sitä arvannut, ettei kunnon porvari Johan Simonszon turhia puhu. Ja nyt se varas rautoihin.

Juuri kun kirjuri sotamiesten seuraamana oli aukaisemaisillaan Pitkän-Pirkon tuvan oven, ampaisi Pitkä-Pirkko suuri huivi hartioillaan ulos ovesta, töytäisi miesten ohi ja juosta liihotti huivi levällään kuin lepakon siivet.

Kaikki hämmästyivät hänen rajusta tulostaan niin, että jäivät hetkiseksi tyrmistyneinä paikalleen seisomaan. Pitkä-Pirkko juoksi pihan yli, ja ennen kuin miehet olivat ehtineet tointua hämmästyksestään, oli hän jo harpannut korkean lankkuaidan yli vastakkaiselle kujan tapaiselle kadulle. Silmänräpäyksessä olivat miehet jäljessä.

Syntyi kiivas takaa-ajo. Pitkällä-Pirkolla oli pitkät jalat, hän juoksi kuin kameelikurki, huivi hulmusi kuin levitetyt siivet, ja juuri kun miehet olivat saavuttamaisillaan hänet, päästi hän kamalan ulinan.

Toinen miehistä sai kiinni hänen huivinsa liepeestä, mutta samassa hän heitti sen hartioiltaan ja loikkasi korkean aidan yli kadun varrella olevaan pihaan. Miehet kiipesivät vaivaloisesti perässä, ja Pitkä-Pirkko lisäsi vauhtiaan. Juoksijoiden välimatka suureni, mutta siitä huolimatta parkui takaa-ajettu kamalasti. Hän juoksi ympäri pihaa ja etsi ulospääsyä. Portista syöksyi pihalle kirkuvia ja nauravia naisia, lapsia ja miehiä.

— Kas, kas, kuinka rakuunan akka loikkaa kuin satulaan, — huusi joku joukosta, ja samanaikaisesti Pitkä-Pirkko loikkasi matalan puuvajan katolle sekä alkoi heti sinne päästyään paiskella alas suuria kiviä, jotka olivat olkikaton painona. Suuri mukulakivi sattui kirjuri Märthenszonin olkapäähän.

— Ampukaa se tuulihaukka, kirkui hän tuskasta ja vihasta käheällä äänellä.

Samassa toinen sotamiehistä kohotti piilukkonsa, mutta Pitkä-Pirkko oli nopeampi häntä ja pudotti itsensä toisen sotamiehen syliin.

— Se oli nätisti, pulmuseni, olethan ennenkin ollut soltun sylissä, mutta liiaksi luiseva olet, jotta tämä syli lämpiäisi, sanoi riehuvaa Pitkää-Pirkkoa pitelevä sotamies leveästi nauraen. Hetkisen kamppailun jälkeen Pirkon kädet sidottiin, ja sitten hänet raahattiin, hänen pitäessään pahaa ääntä, suuren kansanjoukon saattamana pienen torin varrella olevaan raastupaan. Siellä hänet pistettiin pimeään kellariin.

Odota siellä, kunnes korkea raati istuu, sanoi kirjuri Märthenszon, — ja palkka tulee pahoista töistäsi. Tiedäkin, ryökäle, ketä olet kivellä paiskonut.

* * *

Pitkän-Pirkon asia oli jo monta kertaa ollut esillä raastuvanoikeudessa, mutta se ei vielä ollut tullut päätökseen, sillä syytetty oli koko ajan kivenkovaan kieltänyt kaikki kolttosensa, vaikka saunasta tuodussa tynnyrissä oli niitä tavaroita, joiden varastamisesta häntä syytettiin.

Huhtikuun 25. päivänä istui korkea oikeus taas Pitkän-Pirkon jutun johdosta. Saapuvilla olivat pormestari Anders Larszon sekä raatimiehet Erich Sigffridszon, Sigfred Madtszon, Ambrosius Thomaszon y. m. John Simonszonin ja Camp Marthenin nostama kanne oli taas esillä.

Pormestari kysyi Pitkältä-Pirkolta:

— Tunnustatko varastaneesi tavarat, jotka nämä kunnon porvarit sanovat kadottaneensa ja jotka ovat löydetyt sinun kätköistäsi?

— En, ja minä tahdon kuolla sen päälle.

— Mieti tarkoin ja ajattele rangaistusta, jos kiellät todistetun asian, sanoi pormestari Larszon.

— Olen kyllä varastanut Bärtel Eskilszonin leskeltä vaatteita, mutta piika Valborg sen oikeastaan teki, minä olin vain koplassa hänen kanssaan.

Oikeuden eteen tuotiin piika Valborg, jonka porvari Markus Jöranszon oli ottanut kiinni Pikku-Huopalahdessa.

— Piika Valborg, oletkos ollut varastamassa tämän Pitkän-Pirkon kanssa? Tunnusta hyvällä.

— Enkä ole, en ole edes tiennyt, että se on pitkäkyntinen. Kun vähän kuitenkin sitä epäilin, niin varoitin sitä olemaan ihmisiksi. Eikä se roikale tässä ajassa eikä iankaikkisuudessa voi todistaa, että minä olisin varas, jumala minua auttakoon.

— Miksikä piika Valborg livisti Pikku-Huopalahteen, jos piika on viaton?

— Aavistin, että sen vielä paha perii, kun Johan Simonszon niin noitui ja uhkaili. Ja niinhän se kävikin. Minä pelkäsin ja siksi lähdin ajoissa pois, amen.

Kun Pitkää-Anttia ynnä muita todistajia vielä oli kuultu, antoi raati tuomionsa, jonka pormestari luki korkealla äänellä

— Vaikka korkea oikeus olisi omasta puolestaan mielellään jättänyt syytetyn rauhaan sekä tahtonut lieventääkin rangaistusta, niin kuitenkin, koska hän niin kauan ja usein on jatkanut rikostaan ilman hätää taikka pakkoa, katsoo oikeus kohtuulliseksi tuomita hänet pätevien todistusten perusteella Varkauskaaren 13. luvun mukaan, kuin myöskin saman kaaren 10. luvun mukaan, koska hän varkautta monella muotoa on harjoittanut.

Tämän päätöksen nojailla sai Pitkä-Pirkko seuraavana sunnuntaina istua kaupungin luoteiskulmassa olevan kirkon porstuassa jalkapuussa. Siinä kirkkokansa häntä pilkkasi ja häväisi kaikella tavalla mielin määrin.

— Loiki nyt, hyppyharakka, kirkon aidan yli, sanoi ohikulkeva sotamies ja sylkäisi häntä kasvoille.

— Joko tiedät, kumpi meistä on varas! sanoi piika Valborg ja kiskoi jalkapuussa olevaa tukasta. — Tuossa sinulle, krääkkä, luudastasi. Hyi . . .

Tällaista menoa jatkui koko jumalanpalveluksenajan ja vielä kauan aikaa sen päätyttyäkin. Kirkkoväki ei poistunut kirkon kuistilta eikä pihalta, ennen kuin maistraatin kirjuri saapui kahden sota miehen kanssa vapauttamaan Pitkää-Pirkkoa jalkapuusta, viedäkseen hänet torille kaakinpuuhun, ruoskittavaksi.

Kansan riemu oli hillitön ja äänekäs, kun Pitkä-Pirkko kahden sotamiehen viilissä kulki huojuen lätäkköisiä katuja pitkin kaupungin torille, jossa kaakinpuu sijaitsi.

Taivas oli vuoroin pilvessä, vuoroin paistoi aurinko, oli oikea huhtikuinen viileä sunnuntai. Rangaistuspaikalle saavuttua riisuttiin Pitkän-Piikon yläruumis paljaaksi ja hänet sidottiin kahleilla kaakinpuuhun, kädet korkealle yli pään kohotettuina.

Piiskuri ei pitänyt kiirettä, vaan antoi kansanjoukon lasketella törkeitä kompiaan. Vihdoin hän otti takin päältään, kääri paidanhiat ylös, paljastaen jättiläisruumiinsa mahtavat lihakset, ja alkoi verkalleen suimia pitkillä, kuumassa vedessä liotetuilla raipoilla Pitkän-Pirkon laihaa selkää. Pitkä-Pirkko huusi eläimellisesti.

— Iske paremmin, suotta luita säästät, kun lihoista ei ole lyötäviksi, huusi joku joukosta. Mutta piiskuri teki työtänsä verkalleen ja tasaisella tahdilla.

— Hakkaa nyt kylliksesi, kun akkaasi et uskalla hakata, ilkkui joku toinen.

Piiskurin sappi kiehahti, hän suuttui tuosta ilkeästä huomautuksesta ja alkoi piestä voimiensa takaa. Pitkän-Pirkon huudot kävivät yhtämittaiseksi ulvomiseksi, hänen laiha selkänsä ja lantionsa kihoilivat verta. Hän kiemurteli käsiensä varassa kuin mato.

Äkkiä hänen huutonsa taukosi, ja hänen hervoton ruumiinsa jäi riippumaan venyvien käsivarsien varaan.

Ihmiset melusivat mielihyvästä ja nautinnosta.

— Pyörtyi, koira, huusi joku.

— Iske vielä kynsille, että lyhenevät, huusi joku toinen.

Piiskuri löi pyörtyneen naisen sormiakin muutaman kerran, lopetti sitten rauhallisena työnsä, pyyhki hikeä otsaltaan ja veti takin päälleen. Sotamiehet irroittivat hervottoman rangaistun kaakinpuusta ja laahasivat hänet kansanjoukon riemuhuutojen kaikuessa raastuvan kellariin.

Samassa puhkesi huhtikuinen pilvi satamaan raastuvan edustalla olevan kansanjoukon päälle, ja monen kasvot kastuivat sateen niitä piestessä. Mutta raastuvan pimeässä kellarissa heräsi Pitkä-Pirkko, ja hänen poskensa kastuivat polttavan tuskan kyynelistä.

Sisällys